Fun 心讀雙語叢書建議適讀對象：

初級	學習英文 0〜2 年者
中級	具基礎英文閱讀能力者（國小 4〜6 年級）

Tabitha and the Crocodile

小老鼠貝貝與鱷魚

Marc Ponomareff　著

王平、倪靖、郜欣　繪

國家圖書館出版品預行編目資料

Tabitha and the Crocodile: 小老鼠貝貝與鱷魚 /
Marc Ponomareff著;王平,倪靖,郜欣繪;本局編輯
部譯.－－初版一刷.－－臺北市：三民，2005
　　面；　　公分.－－(Fun心讀雙語叢書.小老鼠貝
　　貝歷險記系列)
中英對照
ISBN 957－14－4229－1　　(精裝)
1.英國語言－讀本
805.18　　　　　　　　　　　　　94001179

網路書店位址　http://www.sanmin.com.tw

© **Tabitha and the Crocodile**
—— 小老鼠貝貝與鱷魚

著作人　Marc Ponomareff
繪　者　王平　倪靖　郜欣
譯　者　本局編輯部
出版諮
詢顧問　殷偉芳
發行人　劉振強
著作財
產權人　三民書局股份有限公司
　　　　臺北市復興北路386號
發行所　三民書局股份有限公司
　　　　地址／臺北市復興北路386號
　　　　電話／(02)25006600
　　　　郵撥／0009998－5
印刷所　三民書局股份有限公司
門市部　復北店／臺北市復興北路386號
　　　　重南店／臺北市重慶南路一段61號
初版一刷　2005年2月
編　號　S 805121
定　價　新臺幣壹佰捌拾元整
行政院新聞局登記證局版臺業字第○二○○號

ISBN　957－14－4229－1　　(精裝)

For Justine

Tabitha the mouse and Jessica the baby elephant decided, one day, to go exploring*. After walking through the dark jungle, they saw bright sunlight reflected* from a wide river. Pools of clear water lay beneath the trees at the riverside.

*為生字，請參照生字表

2

While looking down at the water's edge*, Tabitha thought she saw a log blink* an eye at her! She watched it closely. Now the top part of the log began to rise, showing two rows of sharp teeth....

Jessica and Tabitha stepped away, slowly. They had realized that this was no floating* log — it was a crocodile.

But the crocodile only yawned*. It opened its jaws* still wider, and then snapped* them shut*. This made such a loud splash that Tabitha jumped backwards.

"Heh-heh," laughed the crocodile. "Scared you, didn't I?"

"Not at all," said Tabitha, shivering* a bit.

"Of course not," said Jessica.

"Oh, didn't I, hough?" The crocodile seemed to be thinking. It certainly looked that way to the two friends.

"Come closer, my dears," said the crocodile. It was obvious* that he thought the mouse would make a tasty* snack. "Let me have a good look at you."

"No, thanks," said Tabitha. "We can see you just fine from here."

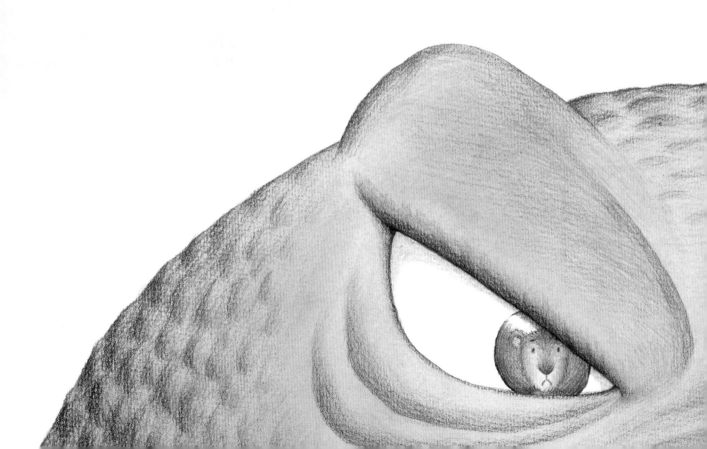

"But it's *my* eyes that aren't so good," said the crocodile. "Do come a bit closer."

"It's no use trying to trick us," said Jessica. "You won't be having us for lunch today."

"We can see clearly from here how handsome you are," said Tabitha, smiling. But she thought, to herself, that the crocodile was an ugly creature*.

"Yes," said Jessica, playing along with her friend's joke. "You really are a *very* handsome creature."

The crocodile's mouth opened, about half-way. His eyes blinked. He seemed to be thinking again.

"You probably mean that I look *scary* — right?" The crocodile slowly closed his mouth, and remained* still.

"Not at all," answered Jessica. "I mean that you look majestic*."

"Even beautiful," added Tabitha.

The crocodile opened his eyes wide. The two friends heard him quietly repeating those words to himself: *majestic*... *beautiful*....

Majestic...?
Beautiful...?

15

"Why not look into one of these pools of water on the riverbank?" suggested Tabitha. "You can see for yourself."

The crocodile, overcome* by curiosity, raised his long, armored body from the water. He had never seen another crocodile: he had lived alone in the river since he was born.

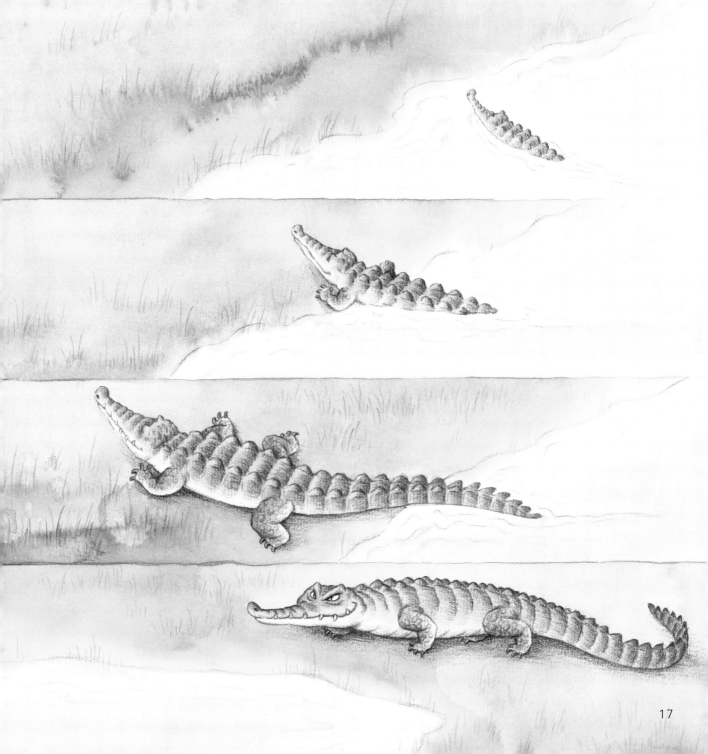

Finally, he reached the top of the riverbank. Here he held his snout* sideways*, close to the surface* of a water pool.

"AAAAAAARGHH!"

The crocodile tumbled* over sideways, waving his short legs in the air. He was terrified* by what he had seen in the water. It was, in fact, the most scary thing he had ever looked at.

The crocodile ran back to the river as fast as he could.

"He sure scared himself," laughed Jessica.

"I don't think he'll be bothering* us anymore," said Tabitha.

She was right. The crocodile swam away, and was never seen in that river again.

生字表

crocodile [ˋkrɑkəˌdaɪl] n. 鱷魚

p. 2

explore [ɪkˋsplor] v. 探險

reflect [rɪˋflɛkt] v. 反射

p. 4

edge [ɛdʒ] n. 邊緣

blink [blɪŋk] v. 眨眼睛

p. 6

float [flot] v. 飄浮

p. 7

yawn [jɔn] v. 打呵欠

jaw [dʒɔ] n. 下巴

snap [snæp] v. 啪的一聲關上

shut [ʃʌt] adj. 關閉的

p. 8

shiver [ˋʃɪvɚ] v. 發抖

p. 10

obvious [ˋɑbvɪəs] adj. 明顯的

tasty [ˋtestɪ] adj. 美味可口的

p. 12

creature [ˋkritʃɚ] n. 生物

p. 14

remain [rɪˋmen] v. 保持不變

majestic [məˋdʒɛstɪk] adj. 威嚴的

p. 16

overcome [ˌovɚˋkʌm] v. 壓倒

p. 18

snout [snaut] n. （豬、狗等動物的）口鼻部

sideways [ˋsaɪdˌwez] adj. 向旁邊

surface [ˋsɝfɪs] n. 表面

p. 19

tumble [ˋtʌmbl̩] v. 跌倒

terrified [ˋtɛrəˌfaɪd] adj. 受驚嚇的

p. 20

bother [ˋbɑðɚ] v. 打擾

adj.＝形容詞，n.＝名詞，v.＝動詞

23

故事中譯

p.2

有一天，小老鼠貝貝和象寶寶小潔決定要去探險。走過了陰暗的叢林之後，她們來到一條寬闊的河邊，河面上反射出耀眼的陽光。在河邊的樹下有很多清澈的小水塘。

p.4

當她們往水邊瞧時，貝貝覺得她看到了一條圓木對她眨了眨眼！她仔細的看了看那圓木條，結果圓木條的頂端開始往上浮起來，還露出了兩排尖銳的牙齒……

p.6

小潔和貝貝一步一步慢慢的退開，因為她們發現那並不是一塊浮木，而是一隻鱷魚！

p.7

但是那隻鱷魚只打了個呵欠。他把

24

嘴張得好開，然後又啪的一聲合了起來，發出很響的打水聲，嚇得貝貝往後跳了一下。

p.8

鱷魚笑了出來：「嘿嘿！嚇到妳了，對不對？」

貝貝微微發抖的說：「才沒有呢！」

小潔也說：「當然沒有啊！」

鱷魚說：「哦？真的沒有嗎？」他一副若有所思的樣子。至少對貝貝和小潔來說，他看起來像是在思考。

p.10

鱷魚說：「親愛的朋友們，過來一點嘛！」很明顯的，他覺得貝貝會是個美味的點心。接著他又說：「讓我好好瞧瞧妳們。」

貝貝說：「不用了，謝謝。我們從這裡就可以很清楚的看到你了。」

p.11

　　鱷魚回答：「可是我的視力沒那麼好啊！請再過來一點嘛！」

　　小潔說：「不要想騙我們了。我們不會變成你今天的午餐的！」

p.12

　　雖然貝貝心裡覺得鱷魚實在是一種很醜的動物，她還是微笑著說：「我們從這裡就可以清楚的看見你有多帥了！」

p.13

　　小潔知道貝貝在開鱷魚的玩笑，也附和著說：「對呀，你真的是非常的帥喔！」

　　鱷魚的嘴巴半開著，他眨了眨眼睛，好像又陷入了沈思。

p.14

　　鱷魚問：「你們大概是指我看起來

很可怕，對吧？」他慢慢把嘴合了起來，然後靜止不動。

小潔回答：「才不是呢！我是說你看起來很有威嚴。」

貝貝還加了一句：「甚至可以說是俊美呢！」

鱷魚的眼睛睜得好大。貝貝和小潔聽到他輕聲的對自己一直說：「威嚴……俊美……」

p.16

貝貝建議他說：「為何不在河邊找一個水池照照看呢？你可以自己瞧瞧啊！」

由於敵不過好奇心，鱷魚就把自己長長的、長了胄甲的身軀從水裡抬了起來。因為他從出生起就獨自住在這條河裡，所以他從來沒看過其他的鱷魚。

p.18

終於，他爬到了河岸上。他把長嘴轉向側面，然後靠近池子的水面一看，「啊……！」

p.19

　　鱷魚往側面跌倒，他的短腿在空中揮舞著。原來，他被水中的倒影給嚇壞了！事實上，那是他所看過最恐怖的東西了。

p.20

　　鱷魚以最快的速度跑回河裡去。

　　小潔笑著說：「他可真是嚇壞自己了！」

　　貝貝說：「我想他再也不會來煩我們了。」

p.22

　　可真是被貝貝說中了。鱷魚游得遠遠的，再也沒有在那條河裡出現過了。

文字迷宮

糟糕，小老鼠貝貝在河邊迷路了！再不趕快離開的話，鱷魚就要追上來啦！小朋友，快動動腦幫助貝貝走出這個迷宮吧！

遊戲規則：下面有 10 個故事中出現的單字。從迷宮中找出這 10 個單字，你就會發現走出迷宮的路了！

yawn　snap　majestic　tumble　obvious

shut　tasty　float　surface　edge

入口➡

k	g	b	s	f	n	s	a	f	e	t	z	l	y	u	p	k	d
y	a	w	n	k	h	g	d	y	q	w	c	r	s	b	n	l	d
v	a	m	a	j	e	s	t	i	c	i	s	u	r	f	a	c	e
b	x	n	p	m	z	q	u	o	o	w	s	j	h	l	k	l	d
z	s	k	i	o	c	b	m	k	x	a	h	x	v	o	b	m	g
q	n	d	v	b	b	o	b	v	i	o	u	s	l	a	m	v	e
k	e	r	y	a	p	n	l	a	m	c	t	a	s	t	y	c	e
o	x	a	j	g	s	d	e	v	w	l	k	f	p	o	r	u	t

➡出口

29

鱷魚小常識

● 鱷魚的眼睛長在頭部頂端，當牠們潛伏在水裡時，可以清楚的看到獵物的動靜。

● 鱷魚身上有「角質鱗」保護皮膚。

● 鱷魚的尾巴強而有力，可以把獵物推倒後掃進水裡，等待獵物淹死後再食用。

● 鱷魚的口鼻部是三角形的，閉起來的時候，下顎兩邊的第四顆牙齒會外露。

● 鱷魚的四肢短短的，主要用來在陸地爬行。前肢有五趾，後肢有四趾。

30

鱷魚的秘密

* 鱷魚的平均壽命是五十到七十年，最多還能活到一百年。

* 鱷魚可以在水中閉氣一個小時以上。

* 鱷魚的主要食物為小動物，如魚、鳥和烏龜等，有時候也會獵捕比牠體型大的動物，如豬和野牛。

* 鱷魚的口鼻部可以上下開合，但無法左右移動。

* 鱷魚會流眼淚！有人說，鱷魚在吞食獵物的時候會流下同情的眼淚，那是因為鱷魚嘴巴張開時，眼睛附近的某種腺體會排出液體，造成鱷魚會流淚的錯覺！

* 因為光線在水中和空氣中會產生不同的效果，雖然鱷魚在水中是遠視眼，但在陸地上牠的視力可是好的很！

* 鱷魚們也會有團結合作的時候。當魚群過來時，鱷魚們會自動圍成一個半圓形，把魚群趕到半圓中間，然後捕食最靠近自己的魚。

出版諮詢顧問／殷偉芳

　　鱷魚其實是群居的動物，不過故事裡的主角，居然是一隻沒有見過同類的獨居鱷魚!?這次作者選擇用鱷魚代表小朋友在日常生活中可能會遇到的「危險人物」：他們會用搭訕的方式接近小朋友，有時又兼用恐嚇的方式脅迫，試圖藉此達到不正當的目的。本故事就是在提醒小朋友，若遇到別有居心的人，要隨時保持謹慎，並機靈應對。貝貝和小潔這對好朋友相當機警，因為他們已經共同經歷過一些事情，所以在計誘鱷魚去觀察自己的醜態時，就充分展現出他們之間良好的默契，一起將鱷魚嚇跑。

　　本冊的英文單字練習是「文字迷宮」，進行的方式是由箭頭指的第一個字母開始，依序找到 10 個提示單字，即可找到迷宮出口。大人們也可以依樣畫葫蘆，挑出幾個單字，用同樣的方式創造出新的文字迷宮喔！類似的英文單字遊戲還有「文字接龍」，規則是所想出的單字開頭第一個字母，必須和前個單字最後一個字母相同。小朋友在複習英文單字時，如果能以遊戲的方式進行，將更能引起他們的學習興趣。

農場裡的小故事

別害怕！羊咩咩！

羊咩咩最討厭夜晚了，
到處黑漆漆的，
還有很多恐怖的黑影子，
而且其中一個黑影子
老是跟在他後面……

羊咩咩怎樣才能不再害怕黑影子呢？

快快睡！豬小弟！

上床時間到了，
豬小弟還不肯睡，
他還想到處玩耍，
可是大家都不理他，
他只好自己玩……

有一個農場，
裡面住著怕黑的羊咩咩、
不肯睡覺的豬小弟、
愛搗蛋的斑斑貓

和愛咯咯叫的小母雞，
農場主人真是煩惱啊！
他到底要怎麼解決
這些寶貝蛋的問題呢？

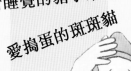

別吵了！小母雞！

小母雞最愛咯咯叫，
吵得大家受不了，
誰可以想個好法子，
讓她不再吵鬧？

別貪心！斑斑貓！

斑斑貓最壞了，搶走了小狗狗的玩具球，
扯掉豬小弟的蝴蝶結，
還吃光了農夫的便當……
她會受到什麼樣的教訓呢？

Moira Butterfield著 Rachael O'Neill 繪圖 本局編輯部 編譯

小老鼠貝貝歷險記系列
Tabitha and the Elephants

Marc Ponomareff　著／王平，倪靖，郜欣　繪／本局編輯部　譯

精裝／附中英雙語朗讀CD／全套六本

一隻機智勇敢的小老鼠，
一隻真誠可愛的象寶寶，
六本為孩子量身打造的雙語繪本，
讓你在一連串驚險刺激的冒險故事中學英文！

看小老鼠貝貝與象寶寶小潔，
如何在土狼、蟒蛇、鱷魚、及獅子的威脅下，
靠著默契與機智度過一次次的難關！！